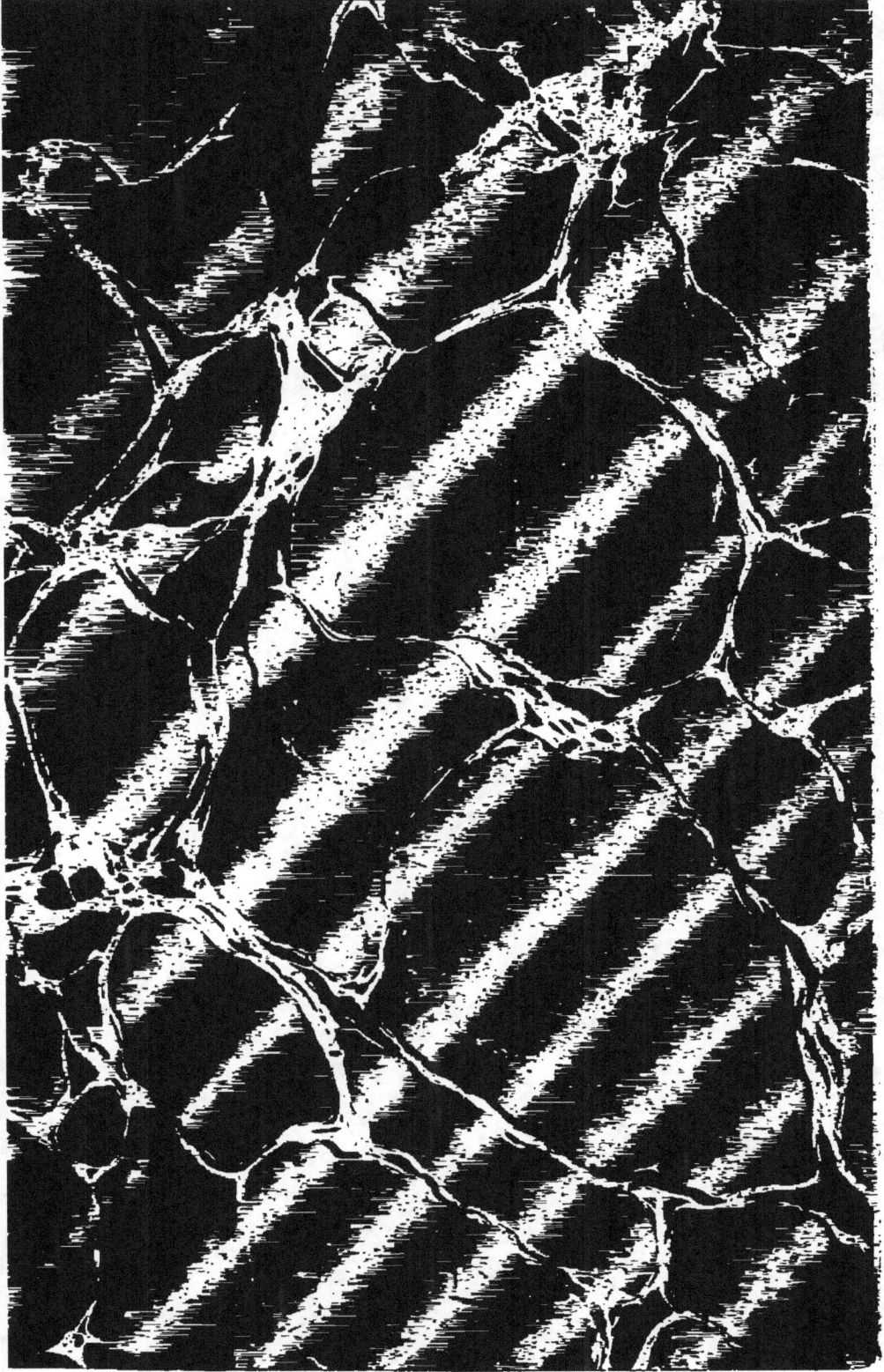

HISTOIRE

De très-joyeux, très-illustre et très-aimé Seigneur

LE

21ᵉ ARRONDISSEMENT

Imprimé par Charles Noblet, rue Soufflot, 18.

HISTOIRE

DE TRÈS-JOYEUX, TRÈS-ILLUSTRE ET TRÈS-AIMÉ SEIGNEUR

LE

21ᵉ

ARRONDISSEMENT

Conte moral pour les enfants au-dessus de 25 ans

PAR

MESSIRE ARLEQUIN

Suffisamment connu pour n'avoir pas à énumérer
ses titres et qualités

—

Prix : 1 fr.

—

PARIS

MARPON, LIBRAIRE

GALERIE DE L'ODÉON

—

1865

PRÉFACE DÉDICATOIRE

ET

PORTRAIT DE L'AUTEUR.

—◆—

A vous, crétins crétinisants, abrutis abrutissants, tous mes contemporains de tous les
temps et mes concitoyens de tous les pays, à
vous et non à autres est dédié cet écrit.

Je vous dis : crétinisants et abrutissants,
parce que, l'homme en société rayonnant
fatalement sur ceux qui l'entourent, vous
avez reversé sur vos proches le trop-plein
de votre crétinisme et de votre abrutisse-
ment.

Que si vous êtes étonnés de me voir appeler ma patrie tous les pays, et tous les temps ma contemporanéité, c'est qu'avec vos nez courts qui limitent votre vue vous ne me connaissez pas bien.

Or, pour votre instruction personnelle et pour celle de vos enfants, de vos femmes, de vos portiers et de votre académie, je m'en vais un instant ouvrir votre intelligence à mon endroit, quelque téméraire que puisse paraître l'entreprise.

Jusqu'ici vous m'avez pris, moi, Arlequin, pour un fantoche de bois à figure mi-partie, habillé de losanges multicolores et mu par des fils...

C'est en effet ce que vous avez vu ; mais, Béotiens que vous êtes, vous avez pris la parabole au pied de la lettre, sans en comprendre ni même en chercher le sens.

Ce sens, c'est-à-dire mon histoire, je m'en vais vous l'expliquer.

Quand je naquis, j'étais l'un des pepins

de cette fameuse pomme de la Genèse.

Lorsqu'Eve mordit, je trouvai ça drôle sous sa dent, j'éclatai... de rire, et de moi naquit le premier pommier, c'est-à-dire le cidre, qui devait servir à mettre les hommes en gaieté.

Ce qui vous fera comprendre que le pa radis terrestre était en Normandie.

De pepin de pomme je devins pepin de raisin. Je me nichai dans une dent creuse du père Noé, et grâce à son cure-dents je lui servis à planter la vigne.

Comprenez donc, si vous le pouvez, que l'arche fut bâtie en Champagne, à Arcis, qui tire clairement son nom du mot *arche*.

Plus tard, je pris une forme animée, je me fis bateleur et on m'appela Arlequin.

Seulement, pour ne pas vous ressembler, je me barbouillai le haut du visage avec de la lie de vin.

A partir de cette incarnation, j'adoptai les

tréteaux, et je fus tour à tour Tabarin, Tur-
lupin, Bobêche et Mangin.

Vous m'avez connu sous cette dernière
figure, et pendant plusieurs années vous êtes
venus autour de moi, riant comme des oies
chaque fois que je vous appelais imbéciles.

Ma foi, au bout d'un certain temps, hé-
bété de votre stupide patience, fatigué de
votre vin frelaté, je suis mort... de rire, et
je vous renais avec mon premier nom et
ma batte tout en disposition de reprendre
les étrivières.

Mais, comme vous savez maintenant presque tous lire et que parmi les banques votre
littérature tient la ficelle, je m'installe
homme de lettres.

Donc, j'arrache une plume de votre illustre dos (illustre par les coups qu'il a reçus
et les courbettes qu'il a faites), et je m'en
vais vous griffonner, tout en l'entrecoupant
de choses désagréables à votre endroit, l'

HISTOIRE

DE TRÈS-JOYEUX, TRÈS-ILLUSTRE ET TRÈS-AIMÉ SEIGNEUR

LE

21ᵉ ARRONDISSEMENT

———◦◦◦◦◦———

CHAPITRE PREMIER.

AMOUR ET COMMERCE.

Primitivement, le 21ᵉ était le vrai et seul arrondissement, comme vous avez le seul et vrai Dumas, quoiqu'il y en ait deux ;

Le seul et vrai phoque parlant, quoiqu'il y en ait cent ;

Le seul et vrai bon marché, quoiqu'il n'y en ait pas;

Le seul et vrai poète, quoiqu'il n'y en ait plus.

L'Amour était le maire.

Il inaugura l'écharpe; seulement, il y mit par le travers une frange en façon de feuille de vigne pour ne pas trop faire crier à l'inconvenance.

L'adjoint était grand-papa le patriarche qui avait charge de bénir les couples.

Il n'y avait pas d'églises, parce que, le bon Dieu s'étant fait à lui-même un assez beau temple à toit d'azur, crénelé de nuages et à faîtage d'étoiles avec lampe de jour et lampe de nuit, les hommes n'avaient pas encore jugé à propos de lui bâtir de maisons, afin de faire croire qu'il était assez petit pour s'y loger.

Les jeunes mariés allaient passer quelque temps dans une comète appelée LUNE DE MIEL, située au-dessus de l'Hymétie, et se logeaient chez FEUILLE-A-L'ENVERS, un restaurateur de l'endroit, gai compère, bon conseiller de choses galantes, chez qui CaRESSE la servante et BAISER le valet de chambre travaillaient à qui mieux mieux.

M. le maire, c'est-à-dire l'Amour, commanditait l'aubergiste.

De là, et grâce à l'intervention de maître Cupidon, naissaient de jolis chérubins d'enfants bien faits, bien forts et de verte et allègre venue ; intelligents au possible, spirituels à l'impossible, et faisant plus tard des hommes aussi spirituels et aussi intelligents qu'eux.

Or, et remarquez bien ceci que je vais galamment vous dire :

Maintenant que vous allez chercher vos femmes dans ces espèces de haras qui se recommandent par la discrétion et 30 ans (plus ou moins) d'exercice, l'amour, qui est don de nature, n'ayant rien à faire à la chose, mère Nature vous frappe dans vos enfants en vous envoyant des petits êtres grimaçants et rachitiques, fétus tordus, tortus, mal entendus, inattendus... et stupides comme leurs pères!

En un mot, vous n'avez pas des enfants, vous avez des petits!

Mais n'anticipons pas.

Pour en revenir à notre fil, voyons par le menu l'histoire de notre aubergiste de la Lune de Miel.

Feuille-a-l'Envers, qui, comme moi, comme tous les êtres symboliques, est immortel, exerça fort longtemps à la manière que j'ai précédemment dite.

Mais au bout d'un temps, son commanditaire l'Amour, à la suite d'une grande concurrence que lui fit la maison Débauche, Avarice et Cie, cessa ses paiements, et Feuille-a-l'Envers, s'associant avec Commerce, placarda des affiches et annonça en grosses lettres :

VENTE FORCÉE !!!!

LIQUIDATION A DES PRIX EXCEPTIONNELS

DE LA MAISON

FEUILLE-A-L'ENVERS, COMMERCE ET CIE.

Et la liquidation dure encore..... sous cinquante raisons sociales différentes.

Vous connaissez ça, hein ?

Et je suis certain que vous y avez acheté quelque chose :

Un château,

Une charge,

Une couverture,

Une sangsue,

Ou un simple chauffe-lit,

selon votre plus ou moins grand appétit... brutal.

FEUILLE-A-L'ENVERS vendit non-seulement ses marchandises et son mobilier se composant de : battements de cœur, rougeurs, frémissements, aspirations, extases, frissons, etc., ainsi que portaient les affiches; mais il venditaussi CARESSE, sa servante, et BAISER, son valet de chambre.

Seulement, il fit faire une grande quantité de contre-façons pour subvenir aux besoins de la vente, et écoula ainsi une foule de caresses apocryphes et de baisers bâtards.

Et c'est depuis ce temps que, n'étant plus que de mauvaises copies, caresses et baisers courent les mains et les joues sans être autre chose que des expressions brutales.

Caressez et embrassez votre femme, ô mon contemporain chéri, et vous verrez si ce que je dis est exact.

Donc, l'Amour est pour vous un dieu déshonnête dont vous arrachez même le nom à l'intelligence de vos filles.

Il est vrai que ces mêmes filles, ne voulant pas les donner vous les vendez, dès que le soleil de la jeunesse les a dorées, à quelque acheteur garanti par devant notaire et endossé par la Banque de France.

A propos de la Banque de France, est-ce à dessein ou par ânerie que vous avez mis au beau milieu de sa grand'cour la statue de Mercure ?

Comme je vous reconnais bien là !...

Si seulement vous aviez ôté de la porte le mot : France, et le drapeau tricolore, cela eût été honnête.

Si du moins vous aviez coupé les ailes du dieu du commerce pour l'empêcher de *voler*, alors seulement vous auriez pu le mettre là

Aussi, écoutez ces harmonies échappées de Toulon :

. . . . Traître à nos intérêts,
Mercure, ici, de toi que veux-tu que l'on pense,
Quand on met ta statue à la Banque de France (1) ?

Prenez garde, ô mes compatriotes, on

(1) *Cris du cœur, ou Requête des Forçats*, chant XXIX, par messire Arlequin.

pourrait bien prendre votre statue pour une épigramme, et l'épigramme s'appelle quelquefois diffamation devant M. le président.

O puissance des hasards! voici un hasard de plume qui me fait presque accoupler l'Amour et Mercure ; je saisis la balle au bond et vous les présente ensemble.

Voyez comme cela peint bien la situation :

Mercure. — Bonjour, Cucu (*abréviation du mot Cupidon, terme d'amitié*).

L'Amour. — Bonjour.

Mercure. — Je suis aise de te rencontrer : j'ai quelques achats à faire.

L'Amour. — A ton service.

Mercure. — Il me faut un cœur de seize ans.

L'Amour. — Seize ans! diable!

Mercure. — Et qui n'ait jamais battu.

L'Amour. — Fichtre !

Mercure. — Tu n'as pas ça ?

L'Amour. — Peut-être, en y mettant le rix... Tiens, voici une petite actrice toute fraîche peinte, et que sa mère colporte en la gardant.

Mercure. — C'est mon affaire : je paierai bien; c'est pour *Chose* le banquier.

L'Amour. — Voyons, au bas mot : 10,000 f. et les épingles.

Mercure. — Affaire conclue. J'ai besoin maintenant.....

L'Amour. — D'un autre cœur ?

Mercure. — Non : simplement d'une femme pour le petit *Machin*, un embryon qui se croit blasé parce qu'il est usé.

L'Amour. — Ah! ah! je vois, il te faut quelque petite effronterie en jupon, bien rosée, bien rusée, et frisée à la chien.

Mercure. — Du tout : tiens, ouvre-moi ton sac, je m'en vais chercher la chose.

L'Amour. — Regarde.

Mercure. — Juste ! voilà ce qu'il me faut.

L'Amour. — Comment! Gniffonnette! mais elle est vieille.....

Mercure. — Oui.

L'Amour. — Laide.

MERCURE. — Certainement.....

L'AMOUR. — Mauvaise affaire!

MERCURE. — Au contraire : je t'en donne le double de l'autre.

L'AMOUR. — Ah! bah!... mais puisqu'elle n'a ni jeunesse ni beauté, qu'achèteras-tu donc si cher en elle?

MERCURE. — Son expérience!

Mais, gros malins que vous êtes... c'est maintenant moi, Arlequin, qui parle.

Vous allez me dire : « Est-ce ainsi que tu fais l'apologie de ton AMOUR et de ton 21e ARRONDISSEMENT? »

Mes enfants, vous allez trop vite :

J'ai gardé mon explication pour la fin, afin de faire patauger votre cerveau, pendant mon dialogue, ainsi que tout bon romancier doit faire.

Maintenant, voici la chose :

L'Amour, à la liquidation FEUILLE-A-L'ENVERS, voyant le succès de la maison DEBAUCHE, AVARICE ET Cie, s'enfuit dans l'île de DROITURE.

Ne cherchez pas sur la carte : ce pays-là n'est pas de votre monde.

Alors FEUILLE-A-L'ENVERS et son associé COMMERCE, sur les conseils de HYPOCRISIE, un homme d'affaires, allèrent trouver INDUSTRIE, un chevalier très-malin, très-instruit, et fécond en inventions.

Ils lui répétèrent le mot de HYPOCRISIE :

Les apparences ! mes enfants, les apparences !

Et INDUSTRIE s'enferma dans son laboratoire.

Il souffla le feu, sur lequel il mit une cornue contenant :

Sel de bêtise,	10	parties.
Oxyde de vice,	10	»
Acide pyro-gueulique,	5	»
Sesqui-oxyde de boue,	15	»

Et il fit mijoter le tout trois jours durant.

Au bout de ce temps, il jeta dans le mélange 3 gouttes de TRAVAIL, un réactif très-puissant, et il obtint en précipité une espèce de pâte avec laquelle il modela une statuette représentant assez bien Cupidon.

Avant que la statuette ne fût sèche, il y introduisit un fil de cuivre de ci, un fil de zinc de là, l'électricité s'en dégagea, et le petit bonhomme se mit à gigotter des membres et à dodeliner de la tête.

INDUSTRIE porta son pantin chez FEUILLE-A-L'ENVERS, COMMERCE ET Cie qui s'écrièrent comme un seul homme :

— Merci, mon Dieu !

Et c'est ce faux Amour que vous venez de voir tout à l'heure, passant marché avec Mercure.

CHAPITRE II.

FEMME A VENDRE !

Après le chapitre que vous venez de lire et qui a pu embrouiller quelque peu vos maigres cervelles, ô mes contemporains! il est utile d'établir clairement la distribution de nos rôles pour l'intelligence de la comédie.

Lorsque vous eûtes été assez bêtes pour laisser l'Amour s'expatrier et que son pastiche eut fait des siennes, quelques-uns dirent :

— Voyons donc .. voyons donc... et la morale ?

Et comme vous êtes une bande de canards criant tous dès que l'un crie, vous répétâtes :

Et la morale?

Alors, on traita la morale comme on avait traité le bon Dieu : on lui bâtit des maisons, et l'on écrivit sur la porte :

MAIRIE.

Ce fait dans lequel on pensa voir une mesure d'ordre ne fut tout bonnement qu'un germe qu'IMMORALITÉ planta dans le terrain de CONFIANCE, pauvre bonne femme pétrie de bonnes intentions, — tout comme les pavés de l'Enfer... un affreux macadam ! Et cela a eu cette terrible conséquence, non pas parce que la mairie est une mauvaise chose en soi, le Code me préserve de le penser ! — mais parce que vous lui avez dit :

— Tu es une machine à marier, tu seras inintelligente et tu consacreras aussi bien les turpitudes que le reste !

En effet, on s'habitua tellement bien au contrôle des 50 centimes de timbre, qu'on laissa mourir l'OPINION, cette « *vox populi* » qui avait sa valeur.

Alors, et peu à peu, voilà où l'on en arriva :

Edgard qui a un nom, un titre, une influence, une parenté, une protection ou quelque autre chose ayant cours sur le marché, voudrait bien ne rien faire et manger des truffes ; il va chez un *changeur* et lui demande, moyennant courtage, une femme dorée : l'affaire est facile, voilà Henriette, la fille de X... On va à la mairie où Edgard et Henriette sont casés, étiquetés et rangés sur la planche des honnêtes gens.

Jean n'a pas le sou ; mais il travaille, prenant corps à corps le monstre MISÈRE.

Un jour que le temps est gris, la faim grande et que Jean va pleurer, il entend les refrains de Colette, et l'estomac se tait parce que le cœur babille : « Avec moi, Colette, tu trouveras pauvreté et courage.

— Ceci tuera cela ! — répond fièrement Colette, — et comme je t'aime, aussi.......»

Et grâce à cette ligne de points Jean et Colette sont heureux, il est vrai, mais comme ils ne sont pas mariés.....

Horreur! immoralité!...

Et vous vous voilez la face, idiots hypocrites, pour ne pas voir ce couple qui a eu l'insolence de ne pas commettre une infamie!

J'ai dit infamie, oui : car j'estime moins criminelle la courtisane au cœur atrophié souvent dès l'enfance, qui se vend pour une bouchée de pain un jour de mal d'estomac, que la jeune fille qui se vend également ou se laisse vendre pour avoir le droit de porter un cachemire et des brillants.

Et notez que Colette n'est pas une courtisane.

Vous avez vu comment ces deux ménages se sont unis. Eh bien! suivons-les.

CHAPITRE III.

FEMME VENDUE.

(Histoire d'Edgard et d'Henriette.)

A vous, madame, qui êtes une très-digne femme avec vos quarante-cinq ans, vos chapeaux à plumes, le sirop de vos soirées et l'estime de ceux qui vous fréquentent, à vous, mère d'Henriette, j'adresserai cette question :

Croyez-vous, oui ou non, une certaine dose de pudeur à votre fille ?

Ne vous fâchez pas, — vous ressemblez à une patte de homard cuit quand vous êtes en colère, — et répondez-moi : oui, sans m'arracher les yeux.

Si vous n'avez jamais pensé à cela, vous êtes très-coupable; c'est que votre grossesse n'a été pour vous qu'une bouffissure désagréable, qui n'a rien fait tressaillir en vous; c'est que vous avez fait un enfant comme un furoncle jette son germe, après l'avoir conçu sans autre sentiment que dix minutes de belle humeur, ce qui constitue pour la famille une origine passablement brutale et stupide.

Si au contraire vous avez réfléchi à cette pudeur de votre enfant, grand tant pis encore pour votre noble dignité; car vous avez fait un vilain commerce en donnant Henriette à un homme qu'elle n'aimait pas, puisqu'elle ne le connaissait pas.

Elle l'aimait, dites-vous ?

Oh ! oh !

Savez-vous bien quelle énormité vous venez de dire ?

S'il vous faut un axiome d'honnêteté, je

vous dirai, excellente mère, que la jeune fille ignorante qui, après trois semaines de connaissance, se trouve conjugalement déshabillée côte à côte avec un homme, est une...........

Mais passons.

Donc Henriette est une fille douée de beaucoup de pudeur. Très-bien !

II

Honnête maman, collez votre gros œil à cette serrure et regardez :

Voilà un homme et une jeune fille qui ne se connaissent pas.

L'homme embrasse la jeune fille, laquelle y est obligée ;

L'homme arrache un fichu et découvre des épaules frissonnantes de honte, mais qui n'ont pas le droit de résister ;

L'homme écarte des broderies que la jeune fille ne peut retenir : c'est signé ;

L'homme......

Mais j'ai recours à votre expérience pour suppléer à ce qui manque ici, et puis, du reste, on a soufflé la lumière.

Non, pardieu! je m'étais trompé : le goujat a gardé la bougie allumée!

N'est ce pas, belle maman, qu'elle doit être mourante de honte, cette pauvre fille, et qu'elle est véritablement souillée?

Quoi? que dites vous? ah! j'entends, vous me demandez pourquoi elle n'appelle ni ne se sauve?

Ah! ah!... mais, vieille folle, cette jeune fille est Henriette, et, comme vous l'avez mariée, elle appartient à Edgard qui l'a payée de son nom, comme Mademoiselle Omnibus appartient pour six heures à un ivrogne qui l'a payée de ses cent sous!

Le prix change, la chose est la même!

Oui, cette fille est la vôtre que vous avez privée de ce magnifique faux-fuyant d'une sublime morale :

REMITTUNTUR EI PECCATA MULTA, QUONIAM DILEXIT MULTUM.

Traduction exacte :
L'amour est l'excuse du mariage.

III

Au bout de quelque temps, Henriette, qui s'est habituée, car on s'habitue, — demandez à Mademoiselle Omnibus..... ou à votre fille (vous le savez assimilées), — Henriette, donc, commence à se dire :

Ah! çà, pourquoi suis-je la femme de ce bonhomme qui mange mes rentes, plutôt que celle du petit un tel qui a de si belles moustaches? Bah! maintenant que le premier pas est fait!...

Oui ; un tel mari n'est souvent que le premier pas.

« De commodes maris ont cette charge étrange,
« De nous tirer du feu les marrons que l'on man-
[ge » (1).

(1) Poema : *De cornu utilitate*, lib. III, c. xxv *Arlequino auctore*.

Il est vrai qu'Edgard, de son côté, s'est livré à ce monologue :

Ah ! enfin, j'ai donc de l'argent, et je vais pouvoir être reçu chez Gredinette qui interprète, dit-on, si bien certains passages de Rabelais !

Et voilà, mère prudente, le gâchis à quatre que vous avez autorisé.

Et Henriette aura des enfants maudits avant leur naissance.

Et voilà la parabole du péché originel : Eve a été condamnée parce qu'elle a mordu *sans faim* à la pomme de la gourmandise!

IV

Oh ! oh ! ce que je viens de voir m'a fait froid dans le dos : un peu de rayons, ami Soleil, une bonne bouteille, Jean Raisin; il y a une atmosphère asphyxiante autour de ces martyrs de la mairie!

CHAPITRE IV.

UN ET UN FONT : UN (1)

(Histoire de Jean et de Colette).

> Un nid de mousse et de verdure,
> Étroit pour un, large pour deux.
>
> G. NADAUD.

I

Jean est littérateur.

Passez-moi cette faiblesse d'en faire un confrère.

(1) Mathématiques appliquées. 1 volume, par messire Arlequin, avec des notes par Pythagore. Rome, an 3474 du monde.

Et puis, la littérature est un pays de Cocagne pour les études de mœurs.

Prenez un homme de talent ; il n'est jamais si près de la misère que lorsque son gousset s'emplit, jamais si près de l'opulence que lorsqu'il n'a pas le sou.

Pays des balançoires :

Orgueils et humiliations; mains qui battent, clés qui sifflent; longues heures d'antichambre quand la chute grogne, saluts jusqu'à terre quand le succès bruit. Des plats gueux tout autour; mais de l'art dans les rayons : le cerveau qui s'échauffe, le cœur qui éclate sous les flots et les harmonies...... mouvement, passion, tohu-bohu du tout et du rien qui se fond en gerbes d'étincelles..... intelligence, vie, nuages, soleil ; sourires et cataclysmes : apothéose, risée, Apollon, Icare,

Balançoires! balançoires!

Mais vous ne comprenez pas ça, vous qui

avez fait d'une· boutique d'épicerie le champ *clos* de votre imagination.

Donc, Jean est littérateur.

II

La scène représente une petite chambre, meublée par les soins d'une luxueuse pauvreté.

D'abord, le lit : un lit de paysan Louis XIII, en chêne noir ; quatre ais équarris à cales, bordant des panneaux plats reliés par deux traverses massives.

Au bas, un tapis anglais de 45 sous.

Dans un angle, une console rocaille, à coquilles, sert de toilette.

La cuvette est une large écaille de tortue retournée, et le pot à eau une corne creuse, emmanchée par la pointe, comme si le taureau qui l'avait portée l'eût fichée là et cassée sur place.

Il n'y a pas de pommade.

Quatre casseroles sont pendues à un porte-
pipes, et une pipe belge est fourrée sous le
bras d'une Aphrodite laquelle montre ses
formes de plâtre à un singe en terre cuite
qui grimace sur un pot à tabac.

Au fond, à gauche, un bureau de bois
blanc peint en noir, et, devant, un grand
fauteuil abbatial, magistralement sculpté et
portant en chef des armoiries à la couronne
de comte.

L'encrier est la coquille d'un œuf mangé
il y a trois mois, laquelle est debout dans
une écuelle chinoise emplie aux trois quarts
de cendre de cigare.

Un porte-plume d'un sou.

Quant aux livres : une magnifique Bible
gothique à côté d'un Balzac broché, quelques œuvres de maîtres ; et sur un parasol
mantchou, mis au mur en travers, une poi-
gnée de volumes ou brochures portant le
nom de Jean.

Auprès du bureau, une adorable petite

chaise Louis XVI, recouverte avec un pan de
chasuble en brocart d'or.

Quelques armes curieuses accrochées au
hasard du caprice.

Et puis plus rien, que Jean travaillant au
bureau de bois peint, et Colette assise sur la
chaise Louis XVI et cousant un bouton.

Et sur tout cela du soleil à foison, secouant
ses crins dorés d'où pleuvent des rictus de
lumière fouillant les angles rentrants, accro-
chant des myriades de diamants aux surfaces
polies, se jouant, rebondissant d'une lame de
fer dans le flanc d'une carafe, en un mot
inondant joyeusement, avec ce petit air de
dire :

« A la bonne heure ! je ne perds pas mon
temps ; j'échauffe ici ! »

Vous qui vous êtes posé cet axiome : « L'é-
goïsme fait le bonheur, et le mensonge l'en-
tretient (1), »

(1) *La canaillerie dans le crétinisme.* Un fort
volume, par messire Arlequin, avec une préface
de Confucius. Prix : 3 fr.

Ce qui donne une idée de l'ampleur de vos sentiments,

Vous ne comprenez pas bien la jouissance que l'on peut avoir à réunir ainsi autour de soi des bibelots de toutes les époques ;

Vous appelez ça un anachronisme, si vous savez ce qu'un si long mot veut dire.

Non , ignares : c'est tout bonnement de l'histoire universelle.

Jean, chaque fois que ses yeux se portent sur un objet, voit défiler devant son esprit l'époque à laquelle cet objet a appartenu.

Les Césars avec leurs grandeurs et leurs hontes, côte à côte avec le bénédictin, copiste au travail immense de patience et d'obscurité ; cette corne où le Vercingetorix a peut-être bu...; dix-huit siècles après, l'oreiller souillé du Parc-aux-Cerfs ; Jean-Jacques qui va tuer Louis XVI pour continuer Louis XI, et Phryné, une courtisane faite statue pour ses juges, un marbre fait chair pour cent autres ; les grandeurs et les décadences, les débauches

et les cliquetis, les femmes et les épées nues,
Lao-Tseu, Rabelais...

L'histoire !

Mais revenons à Jean.

III

Au milieu d'une période, Jean s'arrête :
l'idée ne vient pas. Il roule une cigarette,
et son regard rencontre Colette.

— Eh ! parbleu ! je suis bête !... une
phrase d'amour... je n'ai qu'à la dire, je
l'écrirai après :

— Colette, je t'aime comme on aime une
sainte.

— J'en serais bien fâchée, répond Colette.

— Tiens ! c'est elle qui a trouvé, écrivons :

« Mon âme vous aimerait comme on aime
une sainte, si mon cœur ne vous adorait
comme une mortelle. »

Un autre arrêt ; il en revient encore à
Colette. Celle-ci a posé son mignon pied sur

un tabouret. Jean prend ce pied qui n'emplit pas sa main, caresse et baise la fine cheville. Colette lui prend le front à deux mains, et Jean, qui craint d'être en retour, colle ses lèvres sur la petite oreille au lobe croquant qu'il mordille.

O la charmante cheville ! ô la ravissante oreille !

On dîne. Il y a du miroton.

Jean adore le miroton ;

Mais il gronde Colette de l'avoir fait, elle qui ne l'aime pas. — Allons, désormais, je ferai la cuisine moi-même !

Il est vrai qu'il a apporté un gâteau, parce que Colette aime la pâtisserie.

Lui la déteste.

Et puis, vienne un chagrin à l'un. Ah ! ah ! il aura beau jeu : l'autre le poursuit, le traque, le prend à la gorge et le jette par la fenêtre du passé, tandis que le sourire enjambe comme un furet celle de l'avenir.

— Bon voyage, chagrin ! votre seigneurie n'était pas ici dans ses fiefs et n'a qu'à retourner dans sa capitale de Conjungo !

Ah ! comme ils se défendent mutuelle-
ment, ces deux chers enfants, et comme ils
sont bien enfermés ensemble dans cette
parenthèse de la vie que l'on nomme l'a-
mour !

Ils se serrent l'un contre l'autre si près,
si près, qu'on ne mettrait pas votre âme
entre leurs lèvres, ô mes contemporains !

Et pourtant votre âme est bien plate !

IV

Voici deux lits dans lesquels ce démon
pâle qui s'appelle la maladie a cloué deux
jeunes femmes.

La fièvre aux cent bras, dont chaque griffe
étire une fibre, fait danser la sarabande au
pouls qui bat la charge comme pour un
assaut ; car, en effet, de toutes parts la vie
est investie par cette nuée d'ennemis lents

et terribles comme la marée, qui montent, envahissent, étreignent, opposent au sang des écluses refoulantes ou lui ouvrent les issues de l'hémorrhagie, ferment l'entrée à l'air qui apporte son renfort d'oxygène, contractent ceci, détendent cela, tordent, crispent, tuent !

L'une des deux femmes est Henriette. Auprès d'elle, trois médecins célèbres gagnant à l'heure leur grosse visite, des domestiques profitant du désordre des étrangers !

Qu'elles doivent être longues et tristes les heures brûlantes de l'insomnie ! qu'il doit être lugubre cet isolement !

Une gorgée préviendrait peut-être un spasme ; mais, comme la malade est trop faible pour parler, la femme de chambre, présente pour la forme, ne voit ni le regard plaintif ni les lèvres fiévreuses.

L'oreiller glisse... la pauvre petite tête est trop basse... ce caprice est inaperçu... Ah ! si elle pouvait seulement se retourner, la malade, pour vaincre cet engourdissement du bras ou pour poser sa joue sur un endroit plus frais !

Ah ! comme ses souffrances sont doublées et combien meurent ainsi de rage et faute de soins !

Mais, Edgard ?

Ah ! sapristi ! oui, Edgard ?

Il est passé ce matin prendre des nouvelles et repassera après l'heure du bois ; car enfin, c'est si triste une chambre de malade... on ne peut même pas y fumer!

Et puis, entendre les gens se plaindre, lui d'abord, ça l'énerve... La migraine, le tourment... Que diable ! on ne peut pas se rendre malade pour soigner les autres!

C'est trop juste.

—

Dans l'autre lit est Colette.

— Chuuut ! bien doucement : elle dort !

— Docteur, ne trouvez-vous pas qu'elle est bien rouge? Et cette respiration bruyante ?... Comme elle a souffert, la pauvre chère enfant! Son pouls? Il s'est calmé vers trois heures de la nuit. — Non, certes, je ne me suis pas couché... et sa potion, ne fallait-il pas qu'elle la prît régulièrement ? J'ai fait si doucement qu'elle s'est à peine éveillée à chaque cuillerée... Oh ! je ne sens guère la fatigue, allez, je suis robuste, moi !

Jean a beau dire, ses yeux sont battus et il grelotte de ses nuits blanches.

Ses soins, son attention aux prescriptions lui ont fait un ami du docteur, qui répond avec bienveillance à ses mille questions, calmant ses craintes, lui montrant la guérison prochaine.

Bon docteur !... et puis, on lui est si reconnaissant !

— Vous reviendrez ce soir, n'est-ce pas ?

— Oui, mon cher ami, je vous le promets.

— Tiens, Colette, il faut prendre notre poudre.

— Encore ! c'est si mauvais !

— Non ; tiens, comme cela... un peu de courage, cher petit ange... Tu souffres bien,

mon cher trésor! Mon Dieu, si elle pouvait
dormir !

Et Jean lui élève la tête dans son bras
arrondi, passe, une heure durant, ses doigts
sur les petites tempes, parle constamment,
doucement, éteignant sa voix à mesure que
le calme renaît, demeure ainsi dans une
fausse position, et enfin, brisé, rompu, ayant
à peine osé respirer, il baise deux grands
yeux qui se rouvrent...

Il n'en peut plus, mais Colette a dormi
deux heures !

V

Vous tous, moutons de Panurge, qui con-
damnez ces gens, vous dites bêtement :

Ils vivent ensemble.

Oh! oui, ils vivent ensemble, l'un par
l'autre, l'un pour l'autre, s'apportant joie
mutuelle, mutuel bonheur, et vous n'en
pouvez dire autant, vous qui n'êtes attachés

que parce que vous ne pouvez faire autrement... comme les deux valves d'une huître.

Et savez-vous le secret de cette différence ?

C'est qu'ils n'y sont pas forcés.

Et s'il leur vient un enfant, à Jean et à Colette, vous l'appelez bâtard !

Blamant dieu qui a jugé a propos de le faire naitre !

Mais cet enfant, né d'un amour où l'âme a mis son éclair, sera une intelligence, un cerveau, un chiffre qui, se plaçant à la tête de ces zéros qui sont vos fils, animera ces riens, lesquels traînés après lui deviendront valeur.

Et le zéro criera : Je vaux mille ! je vaux un million !

Eh ! non, idiot incapable, tu as un nom parce que tu es la troisième ou la sixième nullité après le chiffre qui t'a entraîné dans son audace et baptisé de son autorité !

VI

Je vous ai raconté deux histoires.

Est-ce à dire pour cela que tous les ménages inscrits à la mairie sont entachés
d'immoralité, et que les autres sont tous
immaculés ? Non, et vous avez besoin que
je vous le dise.

J'ai pris comme terme de comparaison au
mariage-affaire le *mariage de la main
gauche*, parce que, celui-ci n'ayant pas de
raison d'être sans amour, la malédiction de
la morale ne peut tomber sur lui.

Car, encore un coup, je ne suis pas la débauche éclaboussant une institution en tant
qu'institution ; mais la lanière coupant le
visage à l'immoralité qui se drape insolem-
ment dans le manteau du mariage.

Ce que je veux faire voir, c'est qu'elle a
volé le manteau !

Or, lorsque vous aurez écrit avec moi au

fer rouge le mot *infâme!* sur le front du mariage d'argent, alors, mais seulement alors, vous pourrez juger l'union dite illégale.

Donc, on a établi le mariage parce que, comme vous êtes tous plus ou moins coquins, on a voulu vous empêcher d'abanponner vos enfants dans tous les coins, précaution inutile pour les dindons et les chiens.

Ce qui fait qu'au lieu de vous constituer en société, vous vous êtes groupés en familles.

Système des réductions.

Mais, dites moi ? Si vous êtes honnêtes gens, ce qui vous arrive accidentellement, accomplirez-vous moins un devoir pour n'y être pas forcés sous peine des gendarmes ?

Quant à moi, mon opinion se base sur ceci :

Il y a des gens qui restent trente ans ensemble, les uns de plein gré, les autres parce que, s'ils se séparaient, seraient réunis par cette irrésistible vis de pression qu'on appelle la cohabitation légale.

Mais ils peuvent se séparer de par la loi !

Oui; mais pour cela, il faut au moins qu'ils aient échangé quelques taloches devant témoins.

Et il y a des gens qui, pour ne pas s'aimer, ne sont pas des chiffonniers.

Il y en a d'autres qui se gardent ces choses-là pour quand il n'y a personne.

Allez-donc dire à un président :

— Je demande la séparation parce que je n'aime plus mon mari.

Et vous verrez ce qu'il vous répondra.

Donc, de trois choses l'une : le mariage tel que vous le pratiquez est

Une immoralité,

Une incarcération,

Ou une faiblesse,

Et je suis tendre.

CHAPITRE V.

MADEMOISELLE PUDEUR ET MISS BÉGUEULE.

I

J'ai dit : faiblesse, et le cas est fréquent.

Faiblesse de raisonnement chez d'aucuns : *ceux qui croient que c'est arrivé.*

Faiblesse d'opinion chez d'autres : ceux qui prennent le sentiment du voisin pour régler leur conduite.

Ainsi, je suis certain que beaucoup, lisant ceci, diront : C'est pourtant vrai ce que dit cet animal-là ; mais.....

Mais.... quoi ?

Mais... qu'est-ce qu'on dirait?

Eh bien, dites tous la même chose, et on ne dira plus rien !

II

Quand j'ai commencé l'histoire de mon 21ᵉ, je vous ai mis en garde contre la maison Débauche, Avarice et Cie et contre l'association Commerce, parce que, quel que soit l'objet que vous regardez, les yeux de votre épaisse intelligence ont besoin qu'on vous le grossisse.

J'ai voulu vous empêcher de confondre Main gauche avec Prostitution.

Donc, si jusqu'ici vous avez toujours pensé trouver à la page suivante quelque image bien grassement luxurieuse ;

Si vous avez espéré me voir écrire avec un elytre de cantharide fendu en becs de plume,

Laissez là ma brochure, vous êtes volés !

Quoi ! vous protestez contre cet espoir lubrique que je vous prête !..

Allons donc !..

Toi, vieux démantelé...

— Démantelé !

Mais certainement : ta bouche ressemble à une plate-forme de tourelle où les trois quarts des créneaux seraient neufs ! Vieux titubant, qui traînes ta goutte et ton toupet dans le demi-jour des alcôves vénales.

Toi, femme, qui à 28 ans avais dépensé tout ton trésor de sensations après les vestiges desquelles tu cours, maintenant que tes sens n'ont plus leur âme.

Toi, gandin bête, qui crois prouver tes amours comme les vieux soldats leurs campagnes :

Par les Invalides !

Qu'avez-vous cherché dans ce livre ?

Le titre vous a paru affriolant et vous avez dit : Voyons donc ?

Eh bien, je vous le répète : ne continuez

pas ; je poursuis seulement pour les autres.

(Ceci est une sortie adroite pour que tout le monde lise jusqu'au bout.)

—

Je reprends; car nous avons besoin de connaître les faits et gestes de Sa Majesté Cupidon, expatrié avec son 21e arrondissement dans l'île de DROITURE.

III.

Cupidon, fuyant le monde connu, s'embarqua à COUP-DE-PIED-DE-L'ANE, un de vos grands centres, sur son vaisseau BONNE INTENTION, et l'on mit au vent la grand'voile HONNÊTETÉ.

Pendant la route, quelques petits ventt contraires appelés CANCANS et POTINS essayèrent d'entraver la marche; mais COURAGE la grande brise se mettant de la partie, le vaisseau arriva à l'île de DROITURE ainsi que nous l'avons vu.

J'ai fait ailleurs l'histoire topographique de cette île, et n'y reviendrai pas (1).

—

Parmi les compagnons chéris de Cupidon, il y avait FAMILLE et FIDÉLITÉ, deux casanières à qui le déplacement était bien sensible.

Elles avaient tant gémi le long de la route, que Cupidon, bon sire, leur promit qu'elles pourraient de temps en temps aller faire un petit voyage dans le monde connu, ce qui arriva en effet par la suite.

—

A peine installé à MYOSOTIS, son palais, Cupidon fit paraître la proclamation suivante, et promulgua l'ordonnance y insérée :

Mes Fidèles,

Comme nous nous constituons à nouveau, il est utile que je vous fasse quelques recommandations, fruit des remarques qu'il m'a

(1) *Historia cujusdem mundi ignoti per Arlequinum, cum præfatione* J. F. GRONOVII. Amsterdam, 1681. In-fol.

été donné de faire dans le monde que nous quittons. J'ai été là-bas frappé d'une chose : c'est qu'en mille circonstances on ne s'est pas gêné de m'appeler : *vilain petit cul-nu d'Amour*, et quelquefois, — voyez l'irrévérence ! — *Petit polisson.*

Jusqu'à présent je m'étais contenté de m'habiller les yeux d'un bandeau, comptant assez sur la Providence pour n'avoir pas besoin de veiller moi-même sur mes pas ;

Mais on dit que c'est d'une insuffisance indécente, et, mes enfants, il faut éviter qu'on jase.

Enfin, les poètes jeunes ont tant chanté l'assiette commune et le verre pour deux, qu'on a fini par trouver dans les 20 arrondissements que c'était malpropre, et ça ne pourrait pas m'aller, à moi le fils de la Vénus Anadyomène, cette figure de la propreté de naissance.

Donc, dorénavant :

1° On s'habillera depuis le cou jusqu'aux chevilles et, en cas de bals ou soirées, on ne se décoltera pas ainsi que vous l'avez vu faire là-bas aux femmes dites : femmes honnêtes.

2° Chaque ménage sera tenu d'avoir au moins deux couverts, deux verres et deux assiettes; et deux chaises, attendu qu'il n'est pas convenable de s'asseoir sur les genoux les uns des autres.

Toute infraction à la présente ordonnance sera punie de l'amende d'un baiser, qui sera retenu au délinquant sur la rente quotidienne que je vous sers.

Fait à Myosotis, le.....

IV

Je vous aurais transcrit cette proclamation rien que pour vous demander, pudiques Tartufes, pourquoi, par les gorges saillantes de vos femmes, vous donnez à vos bals l'aspect des galeries de bois du Palais-Royal?

—

Et vous, mesdames, pourquoi donc por-
tez-vous ces verres grossissants qu'on appelle : corsets garnis et crinolines ?

Sans doute pour faire croire *au public*
que vous avez...., et c'est une provocation
libertine très-clairement exprimée; car
quelle est votre intention, sinon de me faire
croire qu'une fois dévêtues vous êtes mode-
lées de telle façon?

N'avez-vous pas l'air de me dire : Ah ! ah !
si ce ruban était dénoué, cette épingle ôtée,
cette agrafe ouverte, ce fil rompu, vous
verriez comme je suis faite à fossettes et à
rondes-bosses!

C'est exciter mon imagination à une dénu-
dation déshonnète.

En un mot, cet habillement est cause
qu'on vous déshabille..... de l'œil.

———

Voulez-vous que je vous dise?...

Eh bien! vous vous êtes fait une pudeur
d'occasion que vous a vendue une mar-
chande de bric-à-brac du nom de FÉE BÉ-

GUEULE; car vrai, madame, je vous trouve
bien plus séduisante et enviable (et je suis
vieil amateur) avec votre main blanche et
dégantée, votre oreille rose et vos deux lèvres frémissantes, que si vous me montrez
votre dos jusqu'à la quinzième vertèbre, et
peut-être même votre cou jusqu'aux grains
de beauté que vous savez et que les amants
appellent : *des envies.*

V

Donc, d'un coup, Cupidon avait coupé
court à tout cela, ou à peu près.

On cria bien un peu à la promulgation
de cette ordonnance, on se dit bien :

Pourquoi cacher mon genou plutôt que
ma main ?

Mais on se soumit par crainte de QU'EN-
DIRA-T-ON, le chef de la police secrète, que
Cupidon avait cru devoir ramener avec lui,
persuadé qu'il était de cette vérité sociale :

« La liberté absolue est une excellente chose..... pour faire des harangues » (1).

Alors il fit illuminer les places, tirer des feux d'artifice, et le lendemain son historiographe écrivit pour la postérité :

« Cette ordonnance excita le plus vif enthousiasme dans la population. »

(1) *Traité de la chose publique*. Un vol. in-4°, par Arlequin.

CHAPITRE VI.

LES GOURMETS ET LES GOINFRES.

Par une belle nuit, il y avait fête à Myosotis.

Cupidon et ses féaux brillaient et papillonnaient au sein d'une réunion de beautés, badinant, folâtrant, faisant des gorges chaudes.

Les femmes, toutes jeunes et belles, riaient à lacet rompu, écoutant les propos, lançant les à-propos, égrenant au-dessus des coupes ce collier sans fin de perles diamantées qu'on appelle : l'esprit des femmes.

En voici quelques-uns :

Outardes aux goïaves,

Aloyaux de gazelles,

Flamands gras aux truffes,

Matelotes de lamproies,

OEufs de caviars glacés,

Conques de Vénus en coquilles,

Cervelles d'oiseaux - mouches en papillotes,

Croquettes de tigres de lait,

Pâtés chauds d'esturgeons aux cédrats,

Pieds d'élans à la poulette,

Epigrammes d'écureuils noirs,

Rognons de rossignols aux truffes,

Jus d'ananas verts au four,

Cakes de bananes vertes.

On rencontrait ces mets au fil de la promenade, et dans l'ordre du service : potages, relevés, hors-d'œuvre, entrées, etc.

Puis on arrivait au centre de la table, où un pavillon tout en diamants reflétait la lumière électrique dont la chaleur dorait des rôts qui cuisaient alentour.

Des fontaines affectant toutes les formes lançaient à profusion, dans des milliers de coupes ciselées, les vins, les hydromels et tout ce que la soif a inventé de flatteur et de raffiné.

Ainsi, le repas se prenait tout en causant et avec une légère fatigue qui aiguisait l'appétit, et provoquait, non cette avidité porcine avec laquelle vous pâturez brutalement, mais cette gourmandise fine, galante, raisonnée, indice d'un sentiment délicat et d'un goût exercé.

On s'était quitté aux conques de Vénus, on se retrouvait aux épigrammes d'écureuils, suivant que l'appétit ou la saveur plus goûtée vous avait retenu à tel ou tel mets.

—

Lorsque tous les convives furent rassasiés, S. M. Cupidon sonna d'un petit cor de platine à embouchure de rubis, et le service disparut comme par enchantement, laissan la place à un paysage de dessert du plus brillant effet.

Les hauts bouts de la table furent sponta-
nément occupés par deux labyrinthes en figure de gâteaux montés :

L'un était une glacière où les sorbets et
les glaces, représentant mille formes ingé-
nieuses, tentaient les lèvres délicates et les
gorges tièdes.

L'autre était un musée des chefs-d'œuvre
de la statuaire en pâtisserie et en sucreries.

De sorte que ceux qui goûtaient la Vénus
de Milo qui était en crème de pistaches, re-
grettaient doublement qu'elle n'eût pas de
bras, tant le reste était beau et tant la crème
était bonne.

Ce qui restait de la table était un vaste et
élégant verger où les pêches vermeilles
offraient leurs bouts de sein au cruel baiser
des dents blanches; la pomme enflait ses
flancs côtelés d'une pulpe savoureuse; les
grappes enfantant le vin semblaient faire
craquer leurs enveloppes comme des corsets
devenus trop étroits pour ces jeunes mères;
l'orange dorée, la groseille transparente, la

prune bleue comme une veine de femme, et mille fruits délicieux se groupaient, se grappaient, se suspendaient ; la cerise, rouge comme la pudeur après son premier péché, semblait jaillir de sa petite queue courte comme une grosse goutte de sang d'une artère trop ténue.

Et l'on prenait tout cela qui du bout des doigts, qui du bout des lèvres.

—

Tenez belle, voici une rose qui vous salue comme une sœur ; mais voyez cette fraise qui rougit de dépit, car elle sait combien dans votre alcôve vous lui faites concurrence.... Que voulez-vous ? elle le tient de cette pensée qui vient de tomber de votre corsage et qui connaît le secret de vos beautés, tout comme certaine aune de batiste qu'une Anglaise ne nomme pas.

—

Le milieu de la table était un vaste buisson fleuri de toutes les couleurs des pierres précieuses, et chacune de ces fleurs était une

améthyste, une topaze, un rubis, une opale,
dont le calice était tout fumant d'un moka
délicieux.

Il y avait aussi des sources de liqueurs
fines : là, la crème de kirsch gouttelait au
flanc d'une petite roche ; plus loin, le gin
fou babillait sur un lit de cailloux blancs auprès d'une nappe d'anisette.

—

Enfin, c'était une féerie, un prodige, un
enchantement aux mille senteurs, aux mille
parfums, glissant dans les ombres, trompe-
l'œil dans les clairs-obscurs, irradiant sous
la lumière !

—

Et au milieu de tout cela, un essaim de
beautés bourdonnant comme les reines de
cette ruche idéale, luttant de gaieté, d'esprit et de bon goût avec les cavaliers élé-
gants et passionnés, des bras arrondis autour des tailles dans une valse onduleuse
sifflée par un roitelet, des éclairs mourants
dans les yeux, des mots d'amour dans des

5

ombres où gazouillait le rossignol ; plus loin
un quadrille rieur qu'improvisait un merle.

Enfin, tous les charmes d'une nature qui
avait prêté ses chefs-d'œuvre, centuplés par
la féerique rêverie de l'imagination, la puis-
sante menteuse !

IV

Prenez maintenant le décor et le moment qui vous plairont le mieux dans ce
conte, et aspirez-y cette atmosphère flot-
tante qui va s'appeler ballade, ballade que
murmuraient les voix, les cœurs, les yeux
et les soupirs, en la scandant au hasard du
sentiment et de l'intonation.

———

« Je bois :

« Vive la vigne!

« Les anciens couronnaient les coupes ;
moi j'y vois en guise de fleurs des lèvres de
femmes tout à l'entour, et je veux boire là
où elles ont trempé! Ce porto est un rouge
baiser qui court de ces lèvres aux miennes.

« Vive la vigne !

« Quoi !... dans ce cristal, une boucle des cheveux de Rosette ! Non, ma foi : c'est du vin du Rhin, et j'aspire les effluves de ces boucles fluides qui sont un mirage.

« Vive la vigne !

« Ah ! coquette, cette goutte de malvoisie qui touche déjà ta lèvre... je la vole dans une feuille de lis roulée en cornet, je lui demande la même chaleur que sa sœur aînée t'a donnée... et nous vivons ensemble, pendant l'éternité d'une minute, de la même sensation.

« Vive la vigne !

—

« Je vous aime, madame, parce que vous êtes belle, et ce tantôt je ne veux aimer que cela en vous ; car cet enivrement qui court dans l'air, cette chanson de la soie et du brocart d'or ont un frou-frou qui crie à l'entendement de mes désirs du moment :

« Vive la beauté !

« Jolie ! Belle ! que ces mots ont de douceur et d'ivresse... je les veux répéter pour

voir si ma voix peut modeler votre copie
Jolie !... Jolie !... Belle !... ah ! ah ! j'ai bien
le marbre dans l'âme ; mais que ma voix
est mauvais ouvrier ! Ma rhétorique donne-
rait cent inutiles leçons de dessin là où vous
n'avez qu'à paraître pour faire admirer le
modèle. Bravo ! maître, et

« Vive la beauté !

———

« Que tu valses amoureusement, mon
beau cavalier, et comme ton bras qui presse
ma taille lui fait une ceinture semblable à
celle de Vénus ; car elle doit me rendre belle
de tout ton amour.

« On dit qu'un jour des monceaux de
roses ont étouffé des hommes !... A ce moment, mon sein est haletant sous des flots
de douceur et de suavité !

« Ah ! ondule toujours languissante et
penchée, valse qui nous entraînes et circon-
scris nos regards dans le cercle que tour-
nent nos corps !

« Tes yeux, ô mon bien-aimé : une pro-

fondeur qui absorbe mon regard dans son
immensité toute illuminée d'un brun éclair !
Ta voix : un murmure de mots d'amour qui
ne sont plus des mots tant ils sont éteints et
vaporeux !.

. . . .

« Et ce sont les soupirs, les regards, les
langueurs, les frissons, les contacts, qui di-
sent de leur voix immatérielle :
« Vive l'amour ! »

V

Voilà comme on mangeait, comme on bu-
vait et comme on causait à Myosotis ; voilà
les festins que donnait S. M. Cupidon : et si
vous comprenez l'allégorie, profitez-en.
Mais cela m'étonnera.

CHAPITRE VII.

COMME QUOI L'ESPRIT QUI DANSE N'EST PAS CELUI QUI COURT.

> Parlez, parlez encore, je trouve que
> vous causez agréablement.
>
> (*Le sergent Damanet.*)

Si la manière de manger usitée à Myosotis a quelque peu étonné tous les ventripo-
tents, tous les gueuliculteurs, tous les nasi-
rubescents qui me lisent, la manière de conversation qu'on y entendait a stupéfié encore bien plus de lecteurs, attendu qu'il y a
cent fois plus d'imbéciles que de gastrono-

mes, par la raison que tous les gastronomes ou à peu près sont des imbéciles, et qu'il y a en outre beaucoup d'idiots qui ne mangent pas toujours.

Et d'abord, savez-vous un peu ce que c'est que la conversation ?...

Malgré ce que vous m'en dites, je n'en crois rien, surtout lorsque je vous entends causer (1) :

— Voilà un joli bal, mademoiselle.

— Très-joli, en effet, monsieur.

— Seulement, il fait un peu chaud.

— C'est vrai.

— Avez-vous beaucoup dansé cet hiver ?

— Non, à cause des sangsues de maman.

— Comment ?

— On lui en pose vingt tous les quatre jours, et vous comprenez...

— Certainement, certainement.

Un monsieur dans un coin. — Je m'en

---

(1) Extrait de : *la Danse des salons, ou l'Idiotisme à l'étuvée,* par messire Arlequin.

•vais vous raconter la bataille de Fontenoy.

—

— Tiens, bonjour, Chose, comme il y a longtemps qu'on ne t'a vu.

— Ah! c'est qu'on ne fait pas ce qu'on veut.

— C'est vrai, ainsi moi... d'abord parce que... tu sais ?

— Quoi donc ?

— J'ai lâché Cramponine.

— Ah! (*A part.*) Ça m'est bien égal.

Le monsieur du coin. — Je m'en vais vous raconter la ba'aille de Fontenoy.

— Figure-toi qu'elle avait des bontés pour un trombone du Wauxhall. (Comme ce mot est prononcé « Veau sale, » les deux interlocuteurs rient comme une paire de vieilles bottes.)

— Et t'a-t-elle coûté cher?

— Ah! tu ne me connais pas; moi, *je ne paie pas les femmes !*

— Et avec quoi vivait-elle?

— Ah ! ça, ça m'est égal.

Le monsieur du coin — Jeune homme, savez-vous combien le duc de Cumberland a eu de blessés à la bataille de Fontenoy?

—

Règle générale : les petits messieurs qui ne paient pas les femmes mangent pour elles le pauvre petit saint-frusquin que papa a amassé, — ou bien, quand c'est vrai, ils ne s'en vantent pas, par la raison que de la barrière Pigalle au boulevard Montmartre, aquarium général de pisciculture, qui ne donne pas reçoit, et on ne s'affiche pas ces choses-là dans le dos.... heureux quand on ne les a pas écrites sur le front.

Avez-vous remarqué le monsieur du coin?

Celui-là, c'est celui qui s'est fait un fonds de conversation en passant le matin à la bibliothèque.

—

Et voilà comme vous causez.

—

CHAPITRE VIII.

HISTOIRE LAMENTABLE DE DEUX VIEILLES, ET SES CONSÉQUENCES.

I.

Or, tandis qu'à l'île de DROITURE on était en haute liesse, mains gantées sur tailles fines, souples et rondes, lèvres en propos gais, malins ou galants, tout allait de mal en pis dans le monde connu, celui des 20 arrondissements.

Il y a longtemps que nous n'avons eu de ses nouvelles à ce bon monde, le vôtre, mes chers amis.

Aussi, y allons-nous un peu revenir.

—

La maison FEUILLE-A-L'ENVERS COMMERCE
ET CIE avait fait une scandaleuse fortune,
ce dont les associés se frottaient les mains.

L'or ne sent jamais mauvais.

Ils arrivèrent à une telle importance
qu'ils firent accepter la vente publique avec
courtiers, change et dépôts sur chèques.

Leurs nombreuses succursales avaient
acquis une énorme clientèle, surtout depuis
que, par une heureuse combinaison, chaque
client recevait un bon à valoir délivré par
CONSIDÉRATION, nouvellement associée.

Ils établirent une bourse où l'on cotait
les héritières et leur espérances : ils vou-
lurent faire négocier des valeurs représen-
tatives ; mais DÉBAUCHE, qui s'était mis dans
l'affaire, s'y opposa, réclamant que chaque
marché fût soldé en nature.

—

Les choses étant ainsi, lorsque FAMILLE ET
FIDÉLITÉ venant de DROITURE passaient

quelque temps dans leurs anciennes patries, on leur riait au nez d'une façon malgracieuse, et on leur décochait des épithètes un peu.... romantiques, telles que :

Vieilles déplumées,

Mères Carabosse,

Abat-jour verts, etc.

Un bel-esprit alla même jusqu'à imprimer que, lorsqu'il les rencontrait, elles lui faisaient l'effet d'un *embarras de voitures !*

Ce qui était très-malin au point de vue de la littérature, mais navrant pour les pauvres désenchantées.

Car enfin, songez donc : être comparé à un embarras de voitures quand on est animé de la meilleure volonté pour faire marcher la société !

C'est écœurant !

Famille surtout était au désespoir, elle qui n'avait trouvé d'autre foyer que celui d'un hôtel garni, ce qui, véritablement, était humiliant.

II

Un jour qu'elle se lamentait dans les bras de FIDÉLITÉ, les pieds sur un petit gueux plein de poussier de mottes et l'estomac malade d'un dîner à 32 sous, trois coups frappés à la porte les firent tressaillir.

On ouvrit, et les deux amies se trouvèrent en présence d'un petit bonhomme blond, court, grassouillet, moustachu de rouge et qui leur tint à peu près ce langage :

— Je suis directeur de théâtre : le mien s'appelle les Sottises-Larmoyantes, et depuis longtemps je me suis déclaré le protecteur des arts nécessiteux.

— Très-bien, monsieur, dit FAMILLE; mais si vous venez nous offrir des billets, vous pouvez vous retirer.

— Plus fort que ça ! — répondit le petit rouget, — et suivez-moi bien.

— Nous vous suivons.

— Pour donner au public des choses que

je puisse comprendre avant de les lui servir,
j'ai laissé la comédie dans la coulisse, et je
lui montre la parade : c'est mon ordinaire.

Dans les grandes occasions, j'exhibe quelque chose de curieux, comme par exemple,
Mlle Josépha, ma passion, vous savez, celle
qui chante *le Crapaud indigent, le Chausson du rat mort*, et *le Voyou mal élevé*, son
triomphe !

— Nous ne connaissons pas....

— Ça ne fait rien !... Eh bien, mes petites
vieilles, j'ai plus fort que ça !

— Ah ! bah !

— Jugez-en : je vous engage !

— Nous ! et pourquoi faire ?

— En quinze jours, Machin me bâcle cinq
tableaux dans lesquels vous paraissez, et
j'enfonce les recettes de mon voisin qui, en
ce moment, montre deux éléphants.

— Horreur ! exclamèrent les deux amies.

— C'est précisément sur un effet d'horreur que je compte, reprit le petit rouget.

— Quant aux appointements, je ferai des

folies : 40 sous par soirée! Bonsoir, je cours chez Machin.

Et il sortit.

III

La pauvre Famille était épouvantée de cette proposition qui portait atteinte à son caractère; mais Fidélité, plus ou mieux avisée, lui dit :

— Ma bonne, loin de nous désoler de cette proposition, considérons-la comme un moyen de nous faire connaître de nouveau; car il n'est que trop visible qu'on nous a un peu oubliées.

— C'est vrai! exclama Famille.

—

Quinze jours après elles paraissaient sur la scène des *Sottises-Larmoyantes* et eurent une entrée de fou rire, ce qui les déconcerta quelque peu.

Pourtant, Famille, qui était courageuse, voyant dans la salle beaucoup de bonnes têtes d'épiciers, s'avança et commença :

« Je suis une honnête personne qui.... »

Mais le public intelligent, s'apercevant tout de suite que ceci n'était pas dans la pièce, interrompit en riant plus fort.

— Vous m'avez oubliée, reprit FAMILLE; mais....

Aux rires succédèrent les sifflets, aux sifflets les cris d'animaux, et enfin le public idolâtre envoya des trognons de pommes.

FAMILLE et FIDÉLITÉ, rouges comme deux pivoines, se drapèrent fièrement et quittèrent la scène.

—

C'était un scandale.

—

Aussi, DÉBAUCHE, qui avait sa loge en qualité de commanditaire du théâtre, cria-t-il :

— Des excuses !

— Des excuses ! répéta le public.

Et les deux malheureuses furent ramenées en scène.

— Que voulez-vous que je dise ? demanda FAMILLE?

— Des excuses! hurla la salle.

— Mais vous m'avez jeté des pommes!

— Des excuses!

— Eh bien! soit, dit FAMILLE en s'adressant spécialement à DÉBAUCHE qu'elle avait aperçu, — je vous fais mes excuses pour avoir dit quelques mots déplacés devant vous.

Et l'on siffla.

Oui, mes chers contemporains, à l'exemple de DÉBAUCHE, vous avez tous sifflé FAMILLE!

IV

L'affaire fit du bruit et donna à réfléchir.

Enfin, SENS-COMMUN, un avocat turbulent, monta sur un tonneau et dit en place publique :

— Mes enfants, ça ne peut pas aller comme ça!

Tout le monde répéta le mot, chacun

mit une cocarde jaune à son chapeau, s'alla coucher, et le lendemain tous dirent avec conviction :

Nous avons fait une révolution !

Le gros mot prononcé, on n'y pensait déjà plus, lorsqu'un second avocat, un rancunier qui s'appelait RÉACTION, cria :

— La Réforme !

Le mot, qui était neuf alors et ne s'appliquait pas encore aux vieux chevaux de cavalerie, fit florès en passant par un million de bouches.

Alors on constitua une assemblée qui commença par être tout étonnée de se trouver réunie ; puis un membre hardi donna lecture d'un discours en trois points sur la question brûlante du macaroni :

Il fut trouvé filandreux.

On en prononça plusieurs autres concernant :

L'existence moyenne des sangsues ,

L'acclimatation du serpent à sonnettes,

Les progrès de la soupe à l'huile ,

Et cent autres très-forts, mais étrangers au but de la réunion.!

Le président, s'en étant aperçu, en fit l'observation, et le centre applaudit, ce que voyant, l'extrême gauche vociféra, tandis que la droite disait :

— Attendons ! attendons !

Le président cassa 158 sonnettes pour rappeler à l'ordre et à la question, et enfin, après 311 séances orageuses, on décida ce qui suit :

1° Toutes les entreprises semblables à celles FEUILLE-A-L'ENVERS COMMERCE ET Cie, DÉBAUCHE ET AVARICE, seront tenues d'avoir des livres et paieront patente.

2° Une députation, sous la conduite de FAMILLE et FIDÉLITÉ, ira rendre hommage à Myosotis, suppliant S. M. Cupidon de revenir dans le monde connu reprendre son écharpe avec les appointements de 30,000 fr.

CHAPITRE IX.

AH ! AH ! AH ! OUI VRAIMENT,
L'AMOUR EST UN BIEN BON ENFANT !

I

FAMILLE et FIDÉLITÉ, accompagnées de nombreux secrétaires d'ambassade et d'un grand nombre de hauts dignitaires, porteurs de présents magnifiques, quittèrent la capitale du monde connu au milieu d'un nombreux concours de peuple, et dans l'ordre que nous allons dire :

D'abord les trois gardes-du-corps de FA-MILLE :

FOYER,

REPOS,

MÉNAGE.

Le troisième avait deux têtes singulièrement différentes :

L'une aux yeux en boules de loto et la bouche pincée, qu'on appelait *Discussion* ;

L'autre à la physionomie douce, fade et légèrement concupiscente, que l'on nommait *Raccommodement*.

Puis FAMILLE, dans un carrosse d'une magnifique simplicité.

A la portière caracolait son aide-de-camp POT-AU-FEU.

Derrière venait le régiment des SOINS, armés à la légère de plumeaux, balais, broches, poêles, etc.

—

Le second cortége, celui de FIDÉLITÉ, s'avançait dans l'ordre suivant :

Son grand maître des cérémonies, EXPÉRIENCE ;

FIDÉLITÉ, dans une litière ;

A gauche, ESTIME ; à droite, HABITUDE ;

Derrière, l'escadron des CASANIERS, commandé par CONTENTEMENT.

SATISFACTION ramassait les boutons de guêtres.

—

Enfin suivaient les porteurs de présents, tenant, l'un, une écharpe aux couleurs nationales en pierres fines filées avec frange d'or gouttelée de brillants ;

Un autre, un flambeau, forme torche, également en or et à mèche d'asbeste ;

Un troisième, une couronne de roses dont les pétales étaient en corail rose et les étamines en topazes ; la mousse était figurée par des groupes d'émeraudes et d'aigues-marines.

—

On les accompagna ainsi en chantant à tue-tête le *Pied qui r'mue*, chant national, venant très à propos au moment d'un départ ; la députation monta sur un vaisseau

qui s'appelait l'INTÉRÊT et partit aux accla-
mations de la foule.

II

C'était le bon temps alors, ô mes concitoyens ! la foule acclamait tout ce qui pas-
sait; maintenant, rachitiques et stupidement
indifférentes, vos poitrines n'ont plus la
force de proférer ces cris vigoureux de vos
pères; et cela, depuis ce jour où vous avez
mis le patriotisme au pilori avec un écriteau
dérisoire portant :

Chauvinisme !

III

Mais revenons à nos ambassadeurs.

—

Le voyage fut assez bon, malgré CALME-
PLAT, un farceur arrivant toujours chez
vous après toutes les résolutions sur les-
quelles il verse un sommeil prudent.

Enfin l'ambassade aborda l'île de DROIture et fut reçue par Tolérance, le ministre des affaires étrangères, en attendant l'audience de Sa Majesté.

Au jour fixé, les envoyés furent introduits dans le parc des réceptions et se trouvèrent en présence de Cupidon, appuyé sur son arc et entouré de tous les siens.

Famille s'avança, et s'étant prosternée par trois fois, parla en ces termes :

« Dieu puissant !

« Depuis votre départ, le monde connu
« patauge dans un affreux macadam, dont
« il s'est tant crotté, qu'il y renonce !

« En l'absence de votre divine Majesté, le
« bonhomme Mariage a troqué son nom
« contre celui de Prostitution, et s'est tant
« engraissé d'écus et de fange que son trône
« vient de crouler sous le poids.

« Je viens donc vous supplier très-hum-
« blement de vouloir bien quitter votre
« retraite, reprendre vos anciennes fonctions

« et accepter ces présents, plus un traitement
« de 30,000 francs. »

Ces pauvres gens me font véritablement
pitié, — répondit l'Amour. — Ils ont le
sens tellement mal droit qu'ils trouvent
moyen de m'insulter en voulant être hum-
bles.

Je ne suis pas à vendre ! — continua-t-il
avec un regard superbe, — et je devrais
peut-être, en vous congédiant honteusement,
me donner le plaisir des dieux ; mais je veux
user de clémence : je ne reviendrai pas dans
votre monde d'où l'on m'a chassé ; seulement, je permettrai à votre monde de venir
à moi, et je décide que dorénavant :

Mon 21e arrondissement aura une annexe
qui s'appellera :

MARIAGE D'INCLINATION.

Ayant ainsi parlé, l'Amour congédia les
ambassadeurs, d'un geste dont la majesté
les éblouit, et rentra dans son palais, di-
sant :

Maudits! trois fois maudits, soient ceux qui ne feront pas de moi le rédempteur du mariage!

—

CHAPITRE X.

O Μυθος δηλοι ὁτί... (1).

La morale de l'histoire, mes chéris, mes
bijoux, mes bien-aimés, c'est que vous êtes
tellement tombés sous la malédiction de
l'Amour, qu'il est possible que moi, Arlequin, un batteleur, un pître, un faiseur de
parades, je vienne vous crier la batte haute
« Gare là-dessous, les coquins ! »
Et que tout le monde se sauve.

(1) Voir les fables de mon ami Esope (Note
d'Arlequin).

Et si vous vous sauvez tous, c'est que les quelques honnêtes, en me voyant passer pour monter à mon estrade, m'ont reconnu et se sont dit :

« Nous n'avons pas besoin de ses leçons; car il est notre pensée. »

E FINITA LA COMEDIA.

J'ai pris aujourd'hui le nom et le langage d'Arlequin (et je le ferai probablement encore), parce que, comme le disait naguère un saltimbanque que j'ai nommé dans cette brochure :

« Si je m'étais présenté en habit noir, vous ne m'auriez seulement pas écouté. »

J'ai donc vêtu mon dos et mon style des oripeaux de la foire pour vous forcer à entendre ce que je voulais vous dire.

Je n'ai pas frappé le mariage qui est une institution utile, mais bien ces unions infâmes, véritables associations vénales qui abaissent la famille au niveau d'une opération commerciale.

Ah ! si je suis jamais élevé à la dignité de chien de garde de la morale, il y a des gens que je mordrai jusqu'au sang comme voleurs de nuit et escaladeurs de murs !

Et maintenant que je vous ai fait la grimace pour vous faire rire, tirons la ficelle ; car, vrai, j'ai bien un peu envie de pleurer !

FIN.

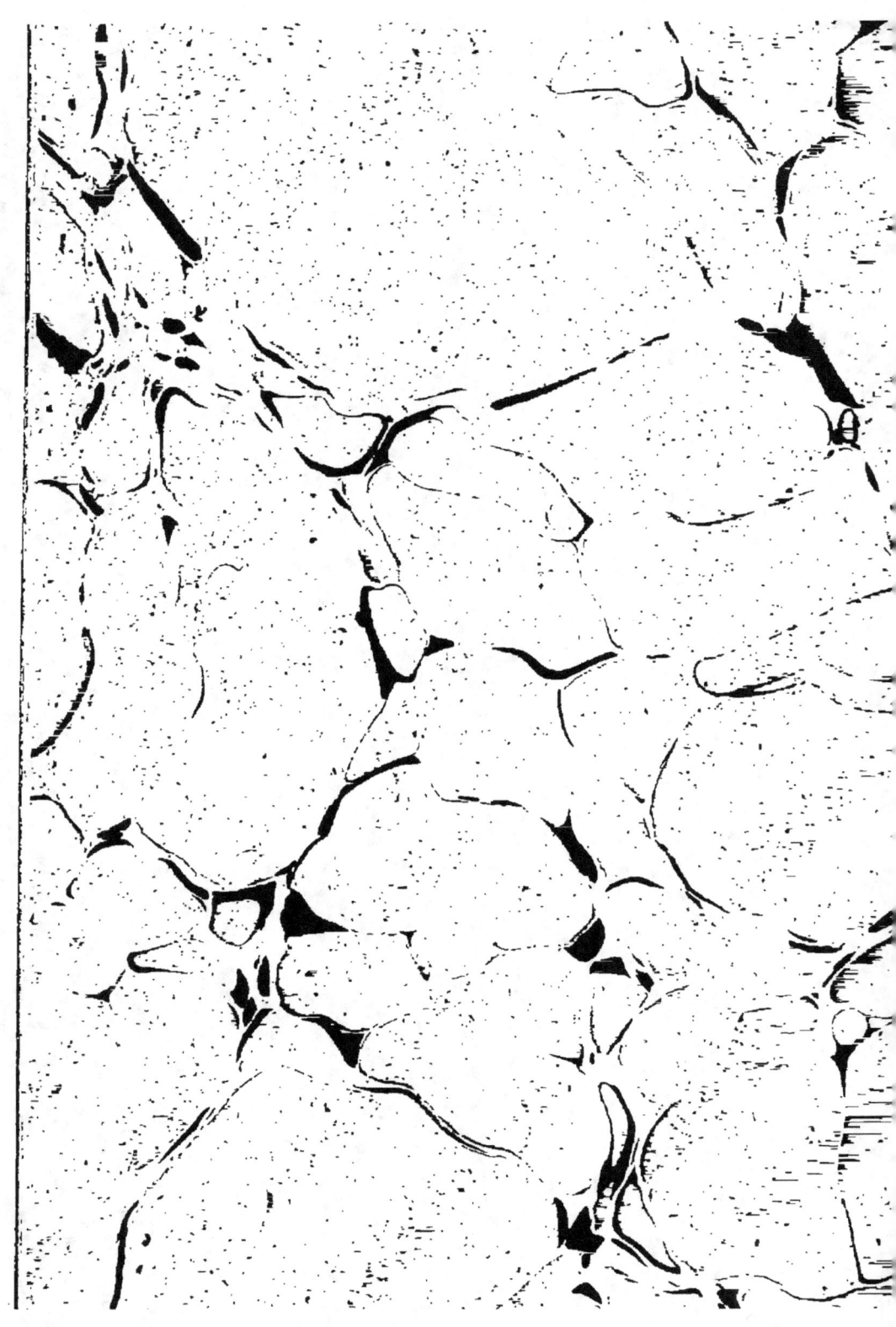

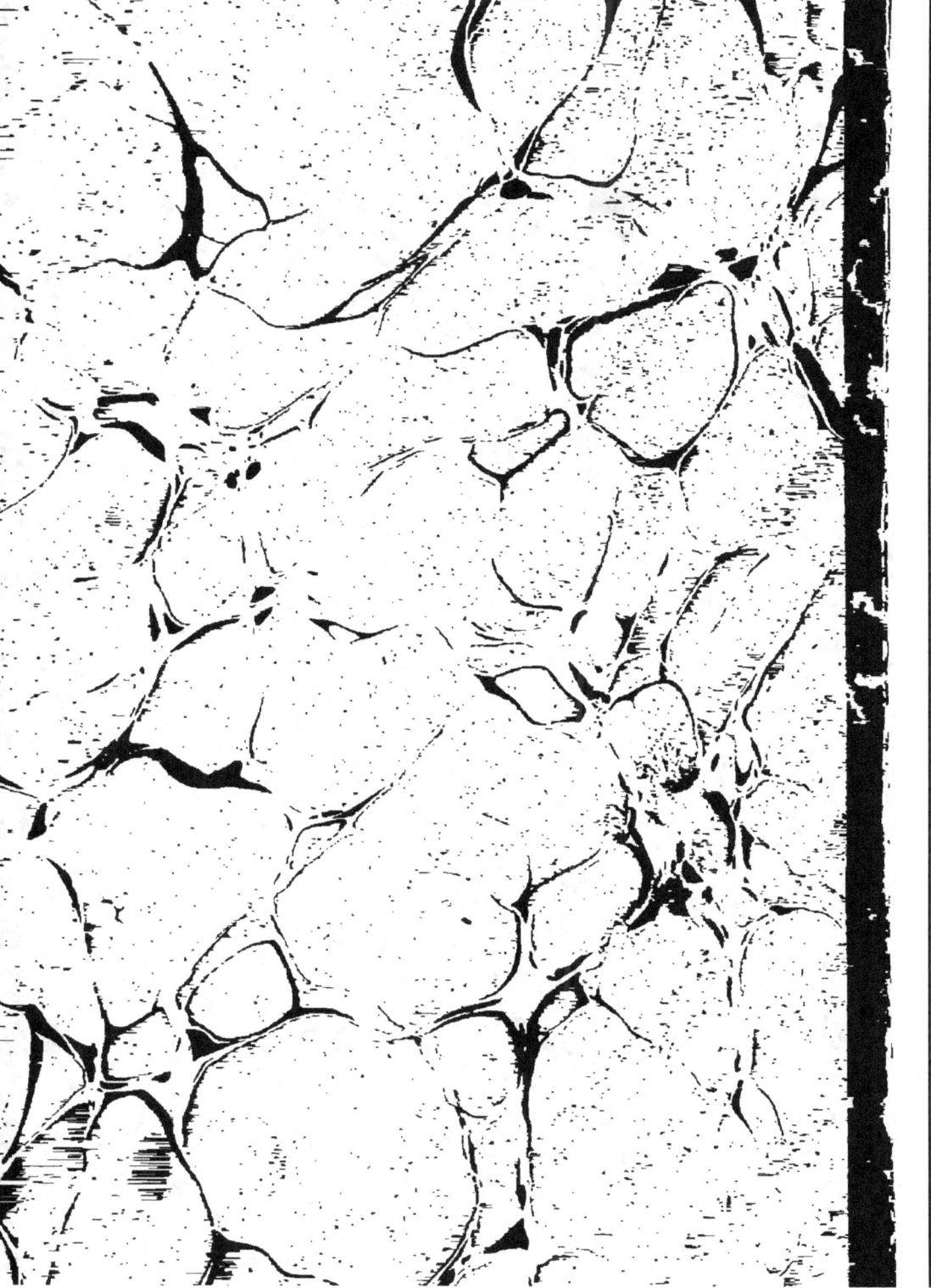

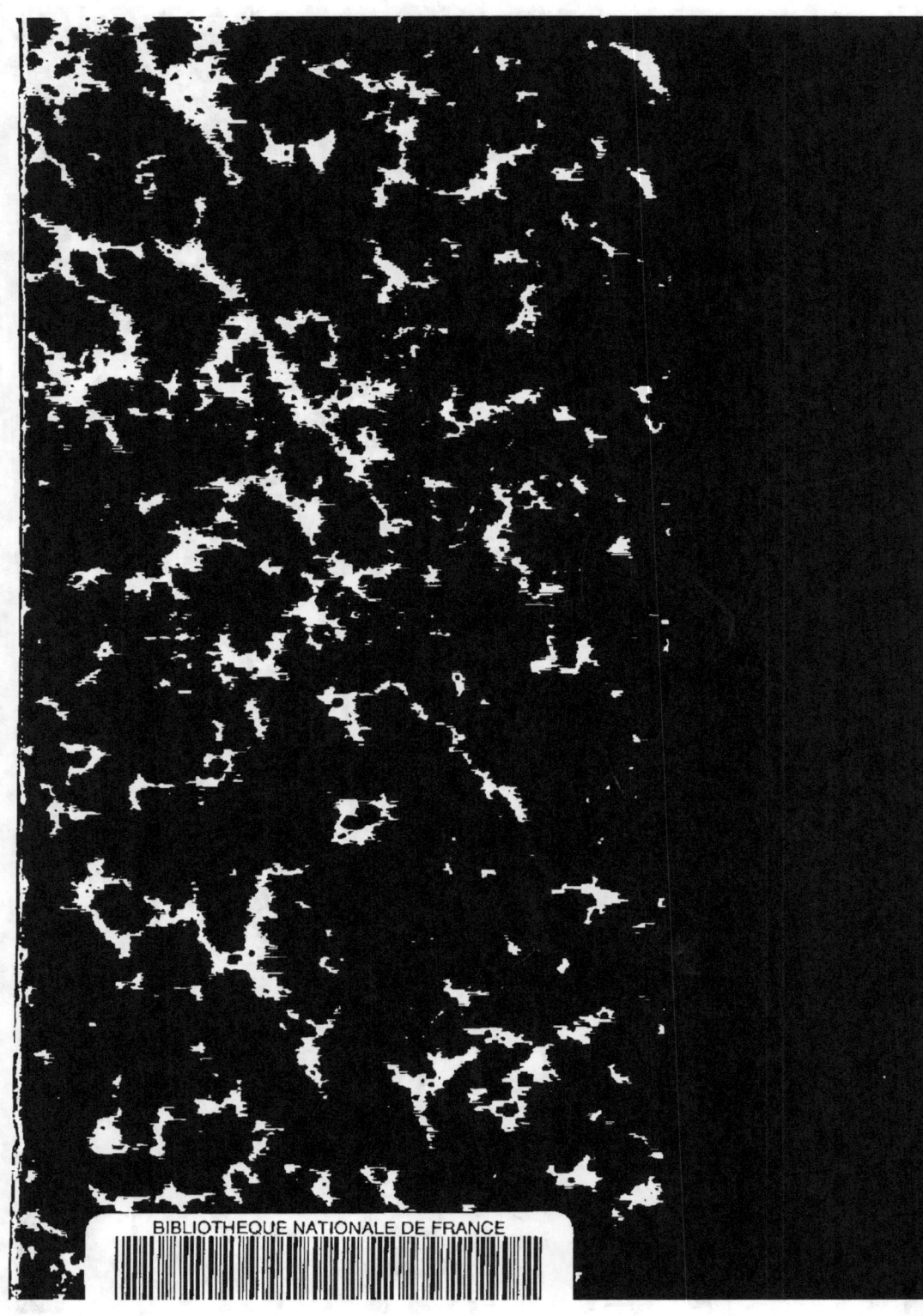